너는 사각거리고

**김소형**

전라북도 전주에서 태어났다.
2021년 『애지』를 통해 시인으로 등단했다.
시집 『너는 사각거리고』를 썼다.

PARAN IS 12 **너는 사각거리고**

1판 1쇄 펴낸날 2025년 4월 30일
지은이 김소형
인쇄인 (주)두경 정지오
디자인 이다경
펴낸이 채상우
펴낸곳 (주)함께하는출판그룹파란
등록번호 제2015-000068호
등록일자 2015년 9월 15일
주소 (10387) 경기도 고양시 일산서구 중앙로 1455 대우시티프라자 B1 202-1호
전화 031-919-4288
팩스 031-919-4287
모바일팩스 0504-441-3439
이메일 bookparan2015@hanmail.net

ⓒ김소형, 2025, printed in Seoul, Korea

ISBN 979-11-94799-01-6 03810

값 12,000원

# 너는 사각거리고

김소형 시집

시인의 말


꿈에서 깬 듯 어리둥절한 새 한 마리가 있다.
고개를 갸웃거리며 하늘을 올려다본다.
바람이 깃털을 부풀리고 있다.

# 차례

시인의 말

**제1부**

오후 2시의 칸타타 - 11

니은 - 12

티티새 - 14

초대받았어 - 16

그냥 - 18

직선을 보다 - 20

건너가는 동안 - 22

연두 - 24

귀가 자란다 - 26

새파란 눈 - 28

정오의 시간 - 30

환승 - 32

수화(手花) - 34

**제2부**

환(幻) - 37

겹눈을 가진 사람―김사인 시인에게 - 38

말은 꽃이 되려고 - 40

답장 - 42

엘리베이터 - 44

순순한 날 - 45

지도에는 없는 - 48

흥! - 50

가지 못한 마음 - 51

중얼중얼 - 52

내 발은 꽃씨처럼 - 54

적막 - 56

아르카디아에도 나는 - 58

머나먼 나무 - 60


제3부

점령군 - 65

어머니 - 66

몸의 주술 - 68

샹그릴라 - 70

모자 - 72

추문(醜聞) - 74

공벌레 - 76

은행나무 귀 - 78

독화살 - 80

그 아이 - 82

오한(惡寒) - 84

풍경의 바깥 - 86

가늘고 길고 대단한 - 88

심장에 박힌―304개의 별들을 기억하며 - 89

세월 - 90

**제4부**

한 방울 - 93

크레바스 - 94

월야지정(月夜之情) - 96

봄의 손가락 - 98

풀꽃 1 - 100

풀꽃 2 - 101

활에게 - 102

머리에 꽃을—오필리아로부터 - 104

법순과 푼수를 그리며 - 106

서수필 - 108

중독 - 110

틈 1 - 112

틈 2 - 114

얼굴을 쓰다듬으며 - 116

가피 - 118


**해설**

**황정산** 말과 사물에 대한 사유 - 120

제1부

# 오후 2시의 칸타타

둥글다 접혀지는 것과 평평한 것이 연대해 만든 둥그런 것이 밖을 내다보고 있다 밖은 거대한 흐름 출렁이는 것들이 도로와 자동차와 사람을 끌어안고 흐른다 사람들은 무슨 말인가를 하려다가 서둘러 입을 닫고 문안으로 사라진다 딸랑 문이 열렸다 닫히는 소리— 소리는 움직이는 것들과 친하다 소리를 따라 몰려온 손과 웃음과 발걸음 저희끼리 바쁘다가 이내 고요해진다 지면에 올라온 것들이 모두 눕는 오후 2시 수평은 감기처럼 전염되고 누운 것들 속에서 선 하나 칼처럼 몸을 세운다 일어선 수평선 때문에 모래들 그의 잔등 위에 떨어져 내리면 더 가늘어지는 눈 눈발들 구릉을 건너뛰고 허공을 움켜쥐는 눈이 정물로 앉아 있다 눈을 세울 때마다 신기루처럼 일어나는 기억 그가 끝도 없이 걷는다 발자국은 그림자도 없다 수평에 사로잡힌 금빛 거리가 사막의 눈을 들여다보고 있다

# 니은

ㄴ은 야무지게 닫은 입술
확신에 찬 눈초리
모든 똑부러진 것에는 ㄴ이 있다
나는 너는 우리는
전진하는 것에는 치켜든 얼굴에는

ㄴ은 선언
내리꽂는 깃발
혀끝이 앞니에 부딪치고 물러나면서
그사이 토해 나오는 분명한 발음
다른 어떤 것도 될 수 없는
꼭 이것이어야만 하는 ㄴ

진격하는 것은 저마다 요새여서
ㄴ은 언제든 빗장을 걸 수 있지
이것과 저것이 왜 다른지
또박또박 설명하는 ㄴ
받침은 얼마나 든든한가

ㄴ은 내가 품은 말

내 팔과 다리 사이에서
온 힘으로 버티고 서 있는
고집 센 문지기

네게로 가기 위해 나는
구부린 팔을 벌리고 있다

# 티티새

―

　공기 중에 떠돌아다니는 거예요 손을 뻗으면 언제든지 잡을 수 있죠 사냥감을 낚아채는 독수리처럼 풀을 뜯어 먹는 염소처럼 날아다니는 거미처럼 사방 천지에 돌아다녀요 입속으로 콧속으로 몸속으로 들어오죠 어느 틈에 왔는진 알 수 없어요 알고 있는 건 내가 이미 푹 젖어 버렸다는 것 그것이 나를 삼켜 버려서 손끝 발끝 하나 옴짝할 수 없어요

　도화지를 벗어날 수 없는 그림처럼 입만 벌리면 당신을 호흡합니다 젖은 행주에서 물이 떨어지는 것처럼 걸어 다닐 때마다 당신이 떨어집니다 떨어지는 말들을 주워 담아요 당신이 개똥지빠귀라고 말해서 나는 티티새라고 했습니다 우리는 같은 말을 했지만 알아듣지 못해서 주황 부리 새는 날아가 버렸어요

　때로 당신은 불쑥 돋아난 암석처럼 버무려지는 음식 사이로도 자꾸만 짚이는 혹처럼 도돌거립니다 입속에 묻어 둘 수 없어 뱉어 내자 거대한 몸집으로 부풀어 올랐어요 무저갱에서 솟아오른 짐승이 눈앞에서 침을 뚝뚝 흘립니다

―

　검은 연기가 솟구치고 살과 뼈가 녹아요 아니 걱정하진

말아요 더 단단한 뼈와 살이 돋아날 겁니다 숨어 있던 날
개들이 일어날 거예요 나보다 더 크게 울부짖는 날개가 어
깨에서 자랍니다

  줄 타는 사람은 줄 위에 있고 나는 내 발 위에 있어요 나
는 티티새가 물어다 준 길을 건너 환한 당신에게로 갑니다

# 초대받았어

소리가 났어
뒤죽박죽에 머리를 담그고 있었는데
사각
갑자기 눈앞이 환해졌어
나를 찔러 대던 가시들이 얼음처럼 굳더니
사각거리는 조각으로 부서졌어
물컹이고 끈적이던 것들도 단단해졌어

이런 일이라니!
세상의 단어들이 '사각' 한 단어로 모여드네
물에 퍼진 푸른 잉크 한 방울처럼
사각이 온 세상을 먹어 버리네

날아오르는 소리가
누워 있던 조각들을 일으켜 궁륭을 만들었어
빛 조각들이 수많은 유리창을 두드린다면
이런 소리가 날 거야
네가 속삭여도 이런 소리가 날 거야
입속의 어둠을 부서뜨리네

태초의 단어는 이렇게 가벼웠을 거야
내게 투 투라고 말해 봐
아무거나 말해 봐

소리들이 갉아 먹고 있어 책상을 의자를 커튼을
물잔 속에서처럼 뒤섞이는 일은 얼마나 즐거운지!
서로 부딪히면 소리들은 잘게 부서져
웃는 것만 같네

내 얼굴이 투명해지고 있는데
봤어?
사각거리는 그물 속에서
애벌레처럼 나는
입을 오물거리고 있어

# 그냥

아무렇게나 걸치고
마실 나온 옷차림 같은 말
그 말에 눈물 나네

그냥은 무수한 날들의 손가락
그날들이 눈동자에
꽃자리 같은 지문을 찍어 놓아
나는 그냥 바라보고
그냥 숨 쉬고
그냥 걷네

하늘의 별을 따다 준다는 말은
들어 본 적 없지만
손에 물 한 방울 안 묻히게 해 주겠단 말도
들어 본 적 없지만

말리지도 않은 젖은 머리칼 같은
그냥
그 말에 눈물 나네
먹고사는 일 그냥 아닌 일 없어

아무리 대단한 업적이라도
그냥 앞에서는 말을 잃어버리네

사랑한다고 누가 말했던가
사물은 거울에 보이는 것보다 가까이 있고
사랑은 그물에 걸리는 것을 본 적이 없어
그럼에도 거울 속에서 빛나는 것들
그럼에도 바라보게 되는 것들

그 수백의 반어(反語)를
그림자와 착각과 무지와 환영과
그럼에도 아름다운 것들을
단 한마디 말로 눈감아 버리는

거품 같은
처음 같은 말

# 직선을 보다

형체도 없는 것이 날아왔다
공기 중 작은 점들을 잡아채며 날아 들어온다
거대한 거미가 보이지 않는 줄을 뻗었나
건드리면 소리가 날 것 같은 팽팽한 장력
붙잡힌 먹이들은 속수무책이다

관객석에서 너는 뺨까지 발갛게 달아올라 있다
이미 너는 포섭당했지 열렬하게 마비되어
거미에게 먹힐 준비가 다 되었다

하나가 다른 하나에 닿기까지
이곳에서 저곳에 이르기까지
구부러지고 울퉁불퉁한 길 그러나
한 걸음 한 걸음이 직선이었다
열리고 닫히는 수많은 점들을 지나
네가 비틀거려도 선분은 똑발랐다

너는 일어선다 느리게 아직 취해서
빠르게 날아오는 직선일수록 매혹적이어서
전혀 다른 방향으로 몸을 틀게도 하지

움켜쥐는 것은 늘 단번에 내리꽂힌다

이제는 깨어나야 할 시간
직선은 직선으로 새로운 선분을 잇대며
차갑고 긴 손을 뻗는다
새로운 거미가 태어난다

# 건너가는 동안

빈 병이 혼자 운다
잘록한 허리로 책상 끄트머리에 서서
지잉지잉
바람도 없는데

나는 아무 말도 하지 않았다
시간이 흘렀고 꽃이 시들었고
전화가 끊겼고 문이 닫혔다
우리는 서로 다른 문가에 서 있었을 뿐

닿지 않는 소리들이 문밖에서 쓸쓸히 죽기도 하고
먼 데 있는 것이 날아와 몸을 울게도 하는데

키 작은 소리들이
애써 닿으려 주파수를 높이고 있다
달의 뒷모습도 모르면서 계수나무가 있다고만 믿어
밤마다 물을 준 사람처럼

종이 울린다
비어야 울 수도 있지

아무도 듣지 못한 소리가
몸속에서 한세상을 살다 간다

# 연두

'연'이라 발음하면 주위가 고요히 진동한다
살랑대는 머리카락 잠 속을 빠져나오는 한숨처럼
연하고 다정한 것들이 돌아본다
연지는 수줍게 한 점 찍히고
연애는 깃털 하나로도 부서지지
한 번도 땅을 딛지 않은 아기 발은
연꽃 위에 서 있다

'두'는 연한 것 쓰러지지 않게 묶어 주는
가볍지만 단단한 모음
두라고 발음하면 어디선가 머리들
두두두 일어선다
촘촘한 모판에서 고개 내미는 새싹들
밟아도 되살아나는 씩씩한 기운
성큼성큼 걸어 나오는 두 발

'연두'는 날개 달린 손
자꾸 날아가려는 걸 어깨 눌러 앉힌다
연두 연두 발음할 때마다 겨드랑이가 간지럽지
흰 철쭉꽃 무리에 얼굴 파묻을 때처럼

너 좋아해 그 말이 귓바퀴에 처음 앉았을 때처럼
아뜩해진다

# 귀가 자란다

아무것도 보이지 않는데 들리는 소리
귀에 사는 아이가 무섭다고 말한다
두꺼운 귀마개로 덮어 주어도
오돌오돌 떨면서

소리 나는 것들은 차가워
굴러다니는 돌들이 귀를 지나 아래로 떨어진다
가슴에 얹혔다가 다시 뚝 떨어져
발치에서 구르고 있다

소리에 잡아먹힌 것들은 전시되었다
죽은 새들이 웅성거린다
총에 맞은 것이 아니라 소문으로 죽었다고
그 새는 부레를 가졌다고 했어?
창문 사이로 입들이 열렸다 닫히고

아무것도 없는데 소리가 들릴 때가 있다
돌아보는 모퉁이마다 귀가 듣는 적색 신호
깜박깜박 점멸하는 SOS 타전
눈을 가린 아이가 걸어간다

26

귀마개 속에서 귀가 쌕쌕 자라고 있다

—

—

# 새파란 눈

그렇지 새파래야 하지
불꽃을 삼킨 채 고요히 타오르는
서늘한 기운이어야 하지

새파란 눈은 지금의 눈
눈앞으로 물이 쏟아지고
물방울이 튀어 오르고 벌떡 일어나지
깍깍 새소리가 그제야 들려오지

열차처럼 달려가는 줄 알았어 지금이
정류장을 휙휙 지나 사람들을 지나
아침과 밤을 지나
가야만 할 곳이 있는 줄 알았어
밤 고양이처럼 눈을 빛내며 앞을 노려보았지

첨벙,
소리가 들린 건 그때였어
시간들이 추도 없이 물속으로 떨어졌네
미련 없이 돌아서는 사람처럼
반질반질 닦아 몸에 집어넣던 옷들이

아이스크림처럼 녹고 있어

나는 가벼워져서 하하 웃었네
눈이 새파래지기 시작했어
굽은 어깨와 목이 반듯해졌어
머리카락 한 올이 내게 말했네
우린 살아 있어

눈을 감으면 내 눈은 다시 암갈색이 되지
나는 허둥대며 다시 옷을 챙겨 입네
그러다 어느 순간 출렁,
밝아지는 거야 새파랗게
지금처럼 새파랗게

# 정오의 시간

모르는 것에 대해서는 말을 하지 말아야지
그러면 아무 말도 할 수 없게 된다

그녀의 손을 잡았는데 내 손을 잡는 것 같았다

전을 부치려면 얇게 포를 떠야 해요
하지만 그녀는 돋을새김으로 각을 뜬다
포와 각의 차이를 이해하는 것은 생존의 비법이라고
아무리 알려 줘도 기어이 각을 뜬다

자리를 구분하지 못하는 바람에
상냥함과 멀뚱함의 용법을 다르게 쓰는 바람에
그녀는 파인다이닝 식탁의 날고구마 같다

식탁 위에 가만있으니 발이 자라기 시작했다
어깨가 간질거리더니 팔도 자라기 시작했다
팔 끝의 작은 잎사귀는 손이 되었다

고구마는 여자가 되었다
다른 사람과 다르지 않아

30

한 손은 차고 한 손은 따뜻하다는 것만 다르다
우연히 손이 맞으면 그녀도 이제 포를 뜰 수 있다

여자는 다른 사람과 악수하는 것 같다고 했다
그 온도의 차가 신기해서 인사하듯 맞잡는다고 했다

의사가 내 손을 잡았다
혈액순환이 원활하지 않아서 그런 겁니다
운동하시고 온열 찜질도 해 보세요

너무 따뜻하기만 하면 썩는다고
여자가 차가운 손으로 과일을 깎는다
안과 밖의 부드러운 경계를 손과 손이 나누어 잡는다

한 손이 너무 차가우면 다른 손이 덥혀 주면서
말할 수 없는 것들을 손이 대신 말할 수 있도록
이웃집 사람처럼 비켜 서 있다

# 환승

—

갈아타야 할 곳을 잊어버려
계속 그곳을 찾아 헤매고 있는 것만 같아요
아닌가요?
창밖으로 지나치는 저 얼굴
모르는 얼굴이라고는 도저히 말하지 못하겠어요
언젠가 봤던 얼굴 어쩌면 내 얼굴일지도 몰라

이제 다른 귀 다른 입술을 찾아 떠나요
안녕, 지금까지 고마웠어요 나는 다른 얼굴로 태어나요
어느 역에선가 떨어뜨린 게 있는데
그게 뭔지는 생각나지 않아요
돌아보면 하나씩 두고 온 게 있습니다

껍질에 대해서는 말할 수 없어요
어떤 것도 온전하지 않았다는 걸 빼고는
가장 끔찍한 껍질을 뒤집어쓰고 가장 끔찍한 추위를 피
했어요
그래서 이젠 그렇게 말할 수 없습니다
끔찍한 것도 때론 미덕이 돼요

—

이봐요 무슨 소리에 뒤를 돌아보는 건가요?
당신 어깨엔 고양이 털이 붙어 있어요
여기가 환승역이라는 걸 당신은 알고 있었나요?
한 발을 내디딜 때마다 수천의 갈림길이 생겨서
부들부들 떨다 이제야 알았어요
어느 개찰구로든 나갈 수 있다는 걸

나는 환승역에 서 있습니다
우리는 서로의 말을 듣지 못하지만
이런 귀머거리 상태가 얼마나 정다운지요
듣지 못해서 나인 채로 살아갈 수 있습니다
모르는 척 당신들에게 인사합니다

# 수화(手花)

―

아침 열 시 지하철
기차가 멈췄다 출발하는 사이
우르르 몰려오고 몰려 나가는 사이
마개를 열고 말들이 쏟아지는 사이

조용히 흔들리는 나뭇가지가 보인다
스무 개 가지마다 맺힌 꽃망울
향기가 열차 칸으로 번진다

갑자기 사방이 고요해졌다
눈앞이 환해졌다
순식간에 눈이 내려
발자국 하나 없는 아침

그 새하얀 정원에서
꽃송이들이
톡톡 터지고 있다

―

제2부

# 환(幻)

그림자가 달빛을 물고 있는 것만 보면 헛것이 보인다 눈이 내렸구나 눈은 한밤중에도 새벽에도 소란스런 모임 틈새 화장실 길목에도 내려 순식간에 눈밭의 정적 속에 나를 세워 놓는다 설원의 모서리를 칼끝으로 잘라 세워 놓은 흔적 나는 고양이처럼 다가가지만 그림자가 흰 그림자를 덮을 때마다 눈은 사라진다 어둠이 통로를 감춰 버린다

사라지는 눈을 뒤쫓다가 내 속의 눈밭과 맞닥뜨렸다 손에도 발에도 수북이 내려앉은 흰 그림자 페인트처럼 묻어 있다 그림자 바깥에는 그림자가 없어 그림자를 물고 집으로 돌아왔다 곳곳을 다니느라 기진했던 그림자가 하얗게 드러눕는다

다시 눈이 내린다 나는 눈이 내리는 모습을 본 적이 없다 눈은 내가 보지 않을 때만 내려 그림자와 고요를 하얗게 물들여 놓는다 쓰다듬고 싶은 것들이 몸을 바꿔 들어가는 순결한 나라 도처에 흰 그림자가 나를 따라붙는다 언제든 들여보내 줄 것처럼 눈을 빛내며 쳐다보고 있다

# 겹눈을 가진 사람
—김사인 시인에게

一

어머나 당신은 망원경 같네요
어떻게 이것들을 다 볼 수가 있는 거죠?


늘 어딘가에 감싸여 아닌 척하고 있네
말을 하려고 해도 할 수가 없지
소리 없이 스며들고 고이네
담겨 있지만 아무도 손대지 않는 잔처럼
조용히 온 방에 들어차는 빛처럼


손은 여전히 따뜻해
슬프지 않단 말은 믿을 수 없어
살아 있지 않단 말인가


작은 가지 뒤척이는 실바람에도
그가 웃는다
아주 오래전부터 몸속에 슬어 있던 것이
깨어나는 거지 고생대 화석처럼
시선 닿는 어디에서나 난반사가 일어나


二 　　보이는 것을 일으키려고 걸음이 느려진 그가

이쪽을 바라본다
머물지 않는 향기는 흉내 낼 수 없어
표상으로 내걸 수도 없다
마주 웃을 뿐

그는 긴 눈을 가졌다
사방을 돌아 벽을 뚫고 지나오고서도
아무것도 모르는 척하지
토막토막 끊어진 다리가 더욱 견고한 다리가 된다고
풍경을 맞댄 채 그가 천천히 걸어오고 있다

# 말은 꽃이 되려고

처음부터 말이 꽃이었던 건 아니다
으르렁거리던 건 말벌
자음과 모음이 거칠게 덜그럭거렸다
다른 종족에겐 예사로 독침을 꽂았지
저희끼리야 꿀도 만들겠지만

한번 태어나 날개를 달면
돌아가지 못해
앉을 곳 없어 사나워진 말벌들이
더 새까매졌다 몇 번이고 채워지는 독침으로

꿀벌들은 잔설처럼 떨어져 내린다
녹지도 못하는 부스러기 말들을 껴안고

너희는 너무 작아 너희 말론 아무것도 세울 수 없어

그런데도 날갯짓 이어진다
말벌들 떨어질 때까지
뾰족한 자음들 둥글어질 때까지

꽃이 피고 있다

제 몸을 삼킨 말이 꽃으로 피어나고 있다

# 답장

—
책 하나를 읽으라기에
읽을 수 없다고 편지를 썼다

어떤 말들은 일어선다

너는 쉬지 않고 떠난다
너는 제일 못생긴 돌멩이를 주머니에 넣었다
이런 문장

말들이 돌아다녀서 읽을 수가 없다

돌멩이는 쉬지 않고 떠나는 네 주머니에 들어가
쓰다듬을 때마다 무럭무럭 자란다
물살에 닦여도 흉터가 지워지지 않아
너는 어디에도 머물지 못한다

매끈한 돌멩이를 쥐여 주고 싶지만
내 주머니 속 돌멩이도 이미 뜨거워져
너는 화상을 입을 것이다

—

책을 덮고
꾹꾹 눌러 답장을 쓴다

네게 닿기도 전에
내 손끝에서 퍼렇게 녹슬어 가는 글자들
날개를 퍼득이고 날아간다

# 엘리베이터

거대한 허기가 입을 벌리고 있다 아무리 먹어도 채워지지
않아
입안으로 들어오는 먹이는 사양하는 법이 없다
아수라든 꽃뱀이든 1,500키로 이하면 무엇이든 삼켜 버리지
바람구멍도 없어 텅 빈 얼굴로 숨어 있기 좋은 방
자발적 먹이가 되는 일은 평온하다 옥수수 알갱이들처럼

안전하다는 믿음을 추처럼 매단 불안
믿음의 크기만큼 자라는 팔다리들이
회백색 의심을 붙잡고 서 있다
불안의 입을 틀어막느라 등이 점점 창백해지지만
아무도 그 얘기는 하지 않고 소곤거린다
날개가 없는 건 추락하지도 않는다고

당신과 나의 접경 지역
누구도 불청객이 아니지만 누구도 손님이 아닌
이 순간만큼은 누구의 먹이로도 삼켜지지 않는다며
조용히 자신의 차례를 기다리는 곳
허기도 불안도 가시지 않아
초대받지 못해 끝내 불안한

# 순순한 날

사는 날이 마치 지금뿐인 것 같은
생각이 들 때가 있습니다
나는 아무것도 모른 채 쉬임 없이 늙어
조용해지는 시간을 봅니다
늙어 가는 것은 애틋하게 좋은 일
당신에게 가닿을 말이 적어지는 것도
그만큼 좋은 일입니다

말은 얼마나 앙상합니까
나이가 말을 넘어설 정도가 되려면 얼마나 기다려야 할지
이제는 세지 않습니다
바퀴가 지난 자국을 생각지 않고 굴러가듯
나도 굴러갑니다

당신이 누구인지 나는 모릅니다
이것이 무엇인지도 모릅니다
어떻게 이 모든 것이
햇살이 노래가 잠이 꿈이 웃음이
내게 오는 것인지 알지 못합니다

나는 눈물을 보았습니다
살아 있는 것은 눈물이라는 것을
그 말도 사치라는 것을
목숨이 눈물에 기댄 것이 아니라면
아름다운 이것들은 어디 가서 주인을 찾아야 합니까

나는 눈물을 보았습니다
그 벼락같은 기쁨을 보았습니다
살아 있는 것이 눈물이 아니라면
죽어도 죽지 않는 이 빛나는 것들은
어디 가서 그 주인을 찾아야 합니까

어제도 모르고 내일도 모른 채
지금 이 순간만이 어리둥절한 새순처럼
반짝일 때가 있습니다
그럴 때면 나는
떨어지지도 않는 빗방울이 됩니다
물 밖에서도 사는 물고기가 됩니다

당신에게 말을 할 수 없어

참 다행입니다

# 지도에는 없는

一

뚜껑을 열고
매일 문밖으로 나가는 손을 꺼낸다
엊저녁에 지쳐 돌아왔던 손은
주름을 펴고 다시 판판해졌다
손은 몸을 일으킨다
하나의 입을 나눠 먹은 몸들이
개선장군처럼 펄럭인다


아니 무엇을 이기고 돌아왔다고요
팔도 다리도 눈코입도 너덜너덜해졌는데


살아 돌아온 게 이긴 거라고
꿰맨 자국도 없는 입이 어디 있느냐고


말끔해진 얼굴들이 서랍 속으로 들어간다
내일 다시 백지장이 되더라도
구겨지진 않겠다고


모퉁이를 접고 눈을 감으면
종일 이마를 훔치던 집도

48

툭툭 허리를 펴고 일어선다

뚜껑을 열면
지도에 없는 나라가 걸어 나온다
길도 없는 어두운 원시림
그 속에서 더듬더듬 손을 맞잡은
가족이 걸어 나온다

# 흥!

—

살짝 열린 문처럼
들장미 스치는 바람처럼
당신을 통과하네
가고 안 오려나
부적 같은 마음만 붙여 놓고

사랑이 매력적인 건
흥! 하고 돌아설 수 있기 때문
물이 줄줄 새는 수도를
단번에 잠그는 당찬 꼭지
한숨 위에 얹은 초록 이파리

응! 위에 모자를 눌러쓰고
샛바람처럼 달려 나가네

—

# 가지 못한 마음

이를테면 그러한 것이다
보지 못했을 수도 있고
보고도 알아보지 못했을 수도 있지만
시간이 까무룩 지나다 보면
'못'은 '안'과 같은 색이 되어 버린다

우리도 그와 같아서
하지 못한 수많은 손짓은 하지 않은 것이 되고
가지 못한 마음은 가지 않은 마음이 된다

일의 전말과 사정이
결말의 들러리로 장식되는 것이야
이미 알고 있는 수순이라지만
어찌 그리 깔끔할 수 있나
'못'과 '안' 사이 어느 자리에 펑퍼짐하게 앉아
구멍 난 자리 소심하게 꿰매는 일 정도는
완두콩이 배겨 자지 못했노라는 핑계쯤은
허락돼도 좋지 않겠는가
모든 '못'들이 떼로 몰려와 서러운 날엔

## 중얼중얼

어떻게 된 일일까
멀쩡하게 미쳐 버릴 수도 있다는 걸 알았네
미치지 않은 말들은 죽은 말이란 걸
나는 한참 정신이 밝아져서 미쳤다가
다시 흐릿해졌네 산 것도 죽은 것도 아닌 세계로 돌아왔네

얼마나 정상적인지!
규칙적으로 죽어 가는 것들이 부드럽게 흔들리네
내가 본 것은 암흑 속에 묻혀

나는 단정하게 죽어 가네
오월 아파트 화단처럼
어제 쇼핑을 했다는 여자의 녹색 원피스처럼
아스팔트 중앙선처럼
반듯하게 누워 있네

심장을 꺼내 놓으면 모두들 무서워해서
바위 뒤에 숨겨 놓았지
나는 이제 텅 빈 채로도 말을 잘할 수 있네
날렵하게 떠오를 수도 있네

눈만 살아서 돌아다닐 수도 있네

상냥하고 부드럽게 나는
흐리멍덩해지네
옷깃을 목까지 채우고 고개를 까닥거리며
사람들 속을 유령처럼 지나가지
아— 아— 여보세요 여보세요
공기가 촛불처럼 떨린다면 그건 내 기척이라네

# 내 발은 꽃씨처럼

그림자를 밟고 일어서니 이해할 수 있었다
깨어나는 것만이 그림자를 갖지 않는다는 것을
시름시름 앓는 건물 뒤에서 나무들 그림자가 자신만만하다

건물 밖으로 나오지 못하는 당신은 말을 할 수가 없다
한때 당신은 휘몰아치는 폭풍 청동의 이빨
이제는 굳어 버린 입이 되어 사람들을 바라본다
물결처럼 흘러 다니는 귀를 주워 든 채로

당신이 밖으로 나오지 못하는 건 허물어지기 때문
그림자도 없는 걸 견디지 못해
대리석처럼 몸을 굳히고 서 있다
돌도 색깔이 바래고 있는데 노래는 가당치도 않아
나는 징검다리처럼 침묵을 건너뛰다가 멈춰 선다

물속에는 춤이 가득하다
아무렇지도 않게 그림자를 털어 버리는 율동
햇살 수직으로 꽂혀도 물고기들은 유연하다
살아 있는 춤을 그림자는 따라잡지 못하지

발치에 늘어진 그림자 천천히 떼어 주머니에 넣었다
찰랑찰랑 다시 물 흐르는 소리
소리를 딛고 개울을 건넌다
내 발은 꽃씨처럼 공중에 떠 있다

# 적막

천지에 눈, 눈, 미친 눈
퍼부을 도리밖엔 없어
하고 싶은 대로 하라고
맘껏 휘감으라고
예의 바른 눈 따윈
상냥한 목소리 적당한 미소
가지런한 무릎 따위도

눈, 눈
단 한 번의 폭설로 세상쯤은 묻어 버릴
더는 삼킬 게 없어
제 몸만을 받아먹는
비대한 동물이 돌아다니고 있어
칠흑을 펑펑 터트리면서
사방에 눈, 온통 미친

눈발 속으로 뛰어들어
앞도 뒤도 없이
그대로가 길일 때
사라지네 나도

손도 배꼽도 얼굴도
누구 것인지도 모를 발목만

흔적을 지우며 나아가네
고집스레
눈이 발목을 지워 버릴 때까지
캄캄한 눈이 아무것도 보지 못할 때까지
마침내 그대도 지워지고
나도 지워지고
구분 없는 눈발만 차오를 것이라고

입을 꾹 다문 채
눈만 쏟아지고
눈만 보이고

## 아르카디아에도 나는

―
  나도 여기 있다며 구름 낀 산정에서 네가 걸어 내려왔네
  너를 보자 목동은 백발의 노인이 되어 후들거렸어
  "얼른 지나가 버려 못된 것아, 우릴 괴롭히지 말고"
  네가 딛는 발자국마다 검은 연기가 피어올랐어
  노래하며 빙글 돌던 처녀들은 치맛단을 움켜쥐고 서로를
노려보았네
  그날의 기쁨만으로도 충만하던 하루가
  내일은 왜 오지 않는 거냐며 국자를 휘둘렀어
  국자는 오늘의 식탁에 족한 것
  내일의 밥이 없다면 오늘의 밥도 없네
  들판에 주름이 내려앉아 쉰 소리를 냈어
  "이봐, 아무것도 믿을 게 없어, 넌 사라질 거야"

  그녀가 갤러리에서 그림을 보네
  액자를 사서 거실에 걸어 두었어
  꽃나무가 잎을 떨궜지만 신경 쓰지 않았네
  그녀는 그림을 다시 사들였네
  여기도 아르카디아 저기도 아르카디아 복사본은 많다네
  집이 뿌리부터 말라 바삭해졌지만 신경 쓰지 않았어
―  그녀는 온통 우아해졌네 우아하게 창백해졌어

얼굴이 종이처럼 얇아졌지만 신경 쓰지 않았네
아르카디아에서 뛰노는 꿈을 꾼 날
눈을 떠 보니 액자가 집을 먹어 버렸어
그녀는 손뼉을 치며 그림 속으로 들어갔네

그림 속에서 그녀는 춤추는 처녀가 되었다네
한 바퀴 돌 때마다 몸이 쭈그러들었지만 알지 못했어
잔디밭이 증기 빠지는 소릴 냈지만 알지 못했네
다섯 바퀴를 돌았을 때 긴 잠옷이 그녀를 먹어 버렸네
산정에서 내려온 네가 나무들을 새까맣게 말리고
큰 걸음으로 들판을 어슬렁거릴 때였어

아르카디아는 나야, 네가 말했네
들판에 쟁쟁 그 소리가 울렸어
나는 액자를 떼어 불태워 버렸네
아르카디아는 어디에나 있지만 아무 곳에도 없네


*아르카디아: 그리스 남부의 실제 지명으로, 고전주의 작품들에서 낙원
으로 종종 묘사되었던 곳이다. 니콜라 푸생(1638-1640)의 회화 「아르
카디아에도 나는 있다」에서 제목을 차용했다.

# 머나먼 나무

당신은 머나먼 나무에 살아요 나무 꼭대긴지 나뭇가지 사인지 나무 밑인진 알 수 없지만 여기서 몇 광년쯤 떨어진 나무에 산다는 건 확실해요 가끔 돌 냄새를 품은 바람이 불어오거든요 잎사귀도 붙이고서

당신이 나무로 가 버렸을 때 나도 땅을 파고 들어앉고 싶었어요 내가 썩어 나무줄기로 올라가는 수액이 된다면 그 가지 어디쯤에는 나도 올라앉을 수 있을 거라고

그들은 툰드라 사람들의 얼굴로 헤어졌죠 표정을 추위가 갉아 먹어 누구도 알아볼 수 없었어요 그들은 주문을 외웠어요 자기가 무슨 말을 하는지도 모르고 만트라를 읊는 사람처럼

말하기 위해 말하지 않아야 한다는 말을 이젠 이해하는데 발밑에 커다란 구멍이 뚫려 말을 해독할 필요도 없어졌어요 이젠 어디나 행성이에요

구멍에 떨어뜨린 씨앗이 하룻밤 새 자라 나무 그늘이 내 머리를 덮었습니다 당신의 행성에서는 나무들이 무엇을 먹고 자랍니까 당신은 노래하는 씨앗들이 하는 말을 들었습니까 단 하루만 사는 나무가 있는데 매일 밤 잎을 모두

떨궜다가 다음 날이면 새벽빛 속에 다시 우뚝하다고
  당신은 나무의 길은 볼 수 없다고 했지만 내겐 그 길이
보입니다 행성은 나무의 축을 따라 돌아요 머나먼 당신이
몸을 기울여 후두둑, 나무로 자라납니다

제3부

# 점령군

햇빛이 환하다
커튼을 젖히고 창문을 뚫고
방 한가운데 자리 잡았다

허락도 없이 무슨 무례냐고 말하려 했는데
그만 마음이 설레 아무 말 없이
커튼을 더 제꼈다

베개 속이며 이불 속이며
속이란 속은 다 꺼내 놓는다
기꺼운 투항이다

나도 훌훌 항아리 하나로 앉았다
온몸을 햇빛이 차지하도록

몸이 가뭇없이 사라진다

# 어머니

一

세상에서 가장 오래된 낱말을 읽는다
알함브라의 궁전 때문에 기타를 배우고 싶어졌어요
불빛이 너무 환해 잠을 잘 수가 없어요
저 나무는 수령이 삼백 년도 넘었대요
모든 이름과 문장 뒤에 몸을 숨기고 싶어질 때마다
고개를 파묻는 이름
구원과 어머니는 동의어

하지만 너는 화를 냈다
어머니를 부르는 것은 이기적이라고
제단에 화단에 꽃대궁에 어머니를 세우지 말라고
DNA 형질이 닮은 딸은 청동 나팔을 불고
아내는 찢어진 날개를 꿰매고 있는데
어머니만 은은한 놋그릇이다

대속(代贖)의 피는 단맛
어머니는 왜 네 안에는 없고
바닷새처럼 공중에만 떠 있는가
어미 살을 먹고 자라는 거미들
씨앗들은 왜 자궁 안에서만 자라는가

입을 벌릴 때마다
어머니
눈부시게 산화하신다

# 몸의 주술

—

생각은 간단하다 몸에 비해선
고등어는 간단하지 않느냐고 넌 물었지만
그건 도마 위의 얘기
생각은 잘라 내도 몸은 잘라 낼 수 없는 것

생각만 데려가고 싶어도 몸이 따라온다
주인인 척 양보도 없이
고작 한 덩어리인데도 몸처럼
식솔을 많이 거느리는 것도 없어

그럼에도 가장 단순한 충족이 넘친다
생각을 달지 않은 무조건적인 반사
살아 있다고 몸이 하는 이야기는
오래고 오랜 습성

만져야 알 수 있다
내 손이 닿아 쿵쿵거리는 너의 심장
말보다 생각보다 빠르게
지구를 회전시키는 능력

—

부드러운 독(毒)이야
고리 무늬 파란문어를 쓰다듬듯
네 손을 잡는다

## 샹그릴라

불을 켜면
사방은 까만데 가지런히 늘어선 행렬
고여 있던 것들이 흘러나온다 상냥하게
주름진 입술을 쓰다듬으며

숨어 있어야 안전한 것들
불을 켜면 안개처럼 기어 나온다
문을 닫아 어둠이 들어오지 못하게
문을 닫아

빛에 가려진 집은
누구나 한쪽 발을 담그고 사는 샹그릴라
밤도 낮처럼 환해
들어서는 누구나 머리를 수그린다
여기선 맨발로 걸어 다녀도 돼
부르튼 손도 아무렇지 않다

나는 밝은 심연 속에 숨는다
시간을 노래를 눈송이들을 감춰 둬
내가 여기 있다고는 말하지 마

누군가는 오래 기다리고
누군가는 오래 잠들
혈거시대의 동굴
팔로 감싸안은 관 속으로 들어간다

# 모자

모자를 좋아한다
모자 속으로 머리가 들어가면
얼굴이 사라지는 기분이 든다
입 없는 얼굴이 말을 해도 될 것만 같다

몽골고원 모래바람에 삭아 가는 사슴의 흰 뼈를 본 적이
있다
고원은 사슴의 모자였을 것이다
모자 속에서 겅중겅중 뛰어다니다 어느 날 다리가 쑥 들
어가
끝내 그 다리를 뽑아 올리지 못한 것이다
모자는 쓰러진 사슴을 끌어안았다

좋아하는 것들은 나를 파묻는다
모자도 내 머리를 파묻어 버린다

모자를 쓰면 나는 사라지고 모자가 걸어 다니는 것 같다
걸어 다니는 모자한테 팔다리를 붙이고
남아 있는 밀가루로 얼굴을 살짝 묻혀 주면 된다
나는 나를 흘리지도 않고 안전하게 모자 속에 가둔다

몇 겹으로 포장해 가방에 넣은
깨지면 안 될 액체가 된 기분

다시 사슴을 생각한다
사슴의 뼈는 밤마다 쏟아지는 별빛을 온몸에 묻혔을 것
이다
질질 끌리는 비단 자락처럼 사그락거리면서
뼈가 웃는 소리가 들린다

모자 속에서는 기뻐
기뻐하기 위해서 봉분을 둥글게 쌓아 올린다

좋아하는 것이 모자 하나냐고 묻길래
다른 것들도 얘기해 주었다
밀봉된 것 폭우 폭설 열려 있는 모든 창문
우듬지가 보이지 않는 나무 보이지 않는 소리들
아, 꽉 찬 지갑을 빼먹으면 거짓말이라 하겠지

좋아하는 것은 뼈가 된다고
모자 라벨에 쓰여 있다

# 추문(鰌文)

—

버스 정류장 종점 가로등 아래 추어탕 간판에는
물고기를 키우는 나무가 자란다
추(鰌) 자는 구불텅거리는 미꾸라지
어(魚) 자는 가지 휘청한 나무가 되어
뜨끈하고 구수한 탕을 만든다
ㅇ은 막걸리 퍼 주던 바로 그 술 국자

탕 속으로 들어가려는지 뛰쳐나오려는지
미꾸라지 한 마리 입을 벙긋거리면
개울물에 모여드는 사람들
동그란 빛 동그란 입

정류장에 서 있는 아이들도 쉼 없이 벙긋거린다
버스 문이 커다란 입을 벌리면
고추와 들깨와 부추도 따라 들어간다
나는 뜨끈하게 졸여진다

어릴 적에는 뚜껑을 꼭 누르고 있었다
수건을 감아쥔 손으로
솥단지 속 미꾸라지들이 퉁탕거렸다

옴 바라 마니다니 사바하
손바닥 문신은 그때 새겨진 거지

그 한 마리가 저기 올라앉아
말짱하게 내려다보고 있다
줄줄이 걸어 들어가는 입들
먹고 먹히며 힘차게 퍼덕이는 것을
가만히 쳐다보고 있다

# 공벌레

마술처럼 크리스타마딜리디움 무리카툼
이 말을 사랑하네 이것은 공벌레의 이름
두려우면 공처럼 둥글어지는 이름
나는 크로마뇽인입니다라고 말하면 우스울까
나는 공벌레입니다라고 말하면 우스울까

어떤 것도 그 단어가 아니란 사실에 소스라친다 굳건한
믿음일수록 깨지기 쉬운 잔 위에 올려져 있다는 것 그러나
잔이 부서진 뒤 나는 안심했다 잔이 없었다면 저 망치 같
은 믿음은 나를 으깨 버렸을 것이다 깃털처럼 가벼워지고
서야 내 믿음은 나를 건져 올렸다 한 손가락으로 튕겨도
충분한 너무 하늘거려 튕겨지지도 않는 먼지 같은 믿음이
나를 바닥에서 들어 올린다

나는 공벌레 작고 가시 많은 별사탕 공벌레
암만 자라도 8㎜를 넘지 못하지
사람들은 산처럼 크고
나는 아무래도 조금 슬퍼서
고개를 파묻고 이름 속에 숨네
이름은 내 무덤 사랑스러운 껍질

크리스타마딜리디움 무리카툼
아무도 모르는 은색 방울 종
눈과 귀를 닫고 몸속 동굴로 가네

# 은행나무 귀

그렇게 말을 해 보긋다는 거 아녀 우리가 그맨치도 말을 모며? 아는 건 읊지만서도 아는 맹큼은 말헐 수 있는 거 아녀? 그려 나리님들 말이 맞는지도 모르제 우리 거튼 것들이 뭘 알긋어 근디 쌔빠지게 일허고도 입에 풀칠도 못 허는 것이 맞는 거셔? 소나 말도 배고프믄 난리 치고 썽나믄 들입다 치받는디 우리덜은 그맹큼도 모며? 하늘이 사람이라 그래쌌드만 그거시 뭔 소린지는 모르것고 (人乃天, 사람이 하늘이라고요) 아니 사람이 워치케 하늘이 된다? 그런 유식헌 소리는 모르것고 세상이 바껴야 된다는 건 맞는 말이구먼 이때꺼정은 모다 그러고 살았응게 나도 그르케 살아야는갑다 혔는디 건넛말 최 씨 죽는 거 보고 정신이 확 들었당게 왜 우리덜이 이러코럼 살아야 허는디? 뭘 잘못을 혔다고? 인자 더는 이르케 못 살것구먼 혀 빼물고 죽으믄 죽었지 (저기 모여 있는 사람들이 모두 같은 마음입니다) 그려 그 선상님 말씀 듣고 눈먼 소가 눈을 떴고만 선상님이 그러시는겨 지가 워치케 살지 왜 넘헌티 물어보냐고 말여 그려 백번 맞는 말씀여 인자 우리도 알았응게 일어설 것이구먼 자 어서 가장게

2

　은행나무 두 그루 커다란 고무신이네 덜퍽덜퍽 진흙 코에 대나무 지팡이 쇠스랑 낫 끌리는 소리 고무신 흙바닥 밟고 건너오는 소리 땀 밴 옷 부비대는 소리 억울한 몸들 일어서는 소리 묻히고 서 있네 바싹 가문 날에도 하늘 구멍 뚫린 날에도 꿰어 신으면 그만인 고무신이 바위 위에도 올라가고 깊은 골짝도 뛰어넘네 지천에 붉은 머리들 밟고 나아가네 내가 깨어야 하늘도 깬다는 말 횃불처럼 품고 내가 내 몸을 밟고 가네 죽어도 가야 할 길 꼭꼭 밟고 가네 소리가 흘러나오네 저 고무신 온몸이 귀가 되어 그날의 소리를 듣네

　홍살문 지나 은행나무 두 그루
　은행나무에 귀가 돋았다
　자르르 귓바퀴 도톰한 귓불
　은행나무 귀가 새처럼 날아다닌다

# 독화살

화살촉 중 가장 뾰족하고 날카로운 촉에
독 중 가장 치명적인 독을 바른다
수십 개 목구멍 언저리에 세워 두었다가
침범하는 적에게 날리는 화살
입에서 나오는 화살은
곰을 잡는 화살보다
백 배나 힘이 세서

마음을 지키는 병사들
창을 고쳐 잡고 달려들어도
후득후득 나가떨어진다
말라붙은 딱지 뚫고 파고들어 간 화살
철철 흐르는 핏속에서 화살나무로 다시 자란다
바르지 않아도 이미 독을 품은 화살나무

화살나무 뽑지 않으면
그 독에 내가 먼저 죽으리
물로도 눈물로도 씻어지지 않는 독
비칠비칠 마르고 눈도 감감해져
곳곳에 독을 뿌리고 다니다가

하늘과 땅이 이어지는 곳에서
희미한 노랫소리 들렸다

바다 밑바닥에서 들려오는 소리
그 소리에 화살나무 하나씩 꺾이더니
보드라운 새순으로 다시 돋았다
독 대신 보약으로 스며들 어린잎이다

# 그 아이

보이지 않아요
들리지 않아요
조금 전 내 머리가 돌아갔어요
머리가 목에서 떨어져 데굴데굴 굴러가요
이 멍청한 것
소리도 굴러떨어져요
내 눈은 쥐가 파먹었어요
매서운 싸리나무도 아닌 슬리퍼가
칼로 내리꽂혀요
물병도 지갑도 휴대폰도 모두 사납습니다
독사 같은 허리띠가 나를 물어요
너덜너덜 내 몸은 쓸모가 없습니다
내가 고드름이라면 얼마나 좋을까요
쨍 깨져 버릴 텐데
큰소리가 다시 나를 밀쳤어요
벽에 있던 못이 내 머리를 안았습니다
불쌍해 안아 주었습니다
터지라고 그냥 터져 버리라고


나는 이제 아무것도 아닙니다

사람도 걸레도 돼지도 아닙니다
먼지도 돌멩이도 아닙니다
이젠 아무 말도 하지 마세요
눈과 심장을 땅에 묻고
나는 흘러갑니다

## 오한(惡寒)

없는 것이 죄는 아니라고
조금 불편할 뿐이라고
사람들이 말해도
아이는 고개를 숙인다
숨 쉬는 것만큼 자연스러운 것이
자연스럽지 않다면
긁힌 손을 어디에 숨겨야 할까
신발과 옷을 벗고 웅크려도
흙 발자국처럼 선명한 부재
텅 빈 공간은 하마보다도 입이 커서
잡아먹히지 않으려고 아이도 몸을 부풀린다
일부러 요란하게 웃는다
"얘는 지나치게 밝아요"
지나친 것들은 늘 목까지 숨이 차 있다

숨 쉴 때 가끔씩 가슴이 뻐근하다
지나친 것들이 토해 낸 가파른 숨들이
날개도 없이 퍼덕이다가
세상 곳곳에 눈송이처럼 내려앉았다
눈송이는 목구멍을 타고 내려와

섬찟 심장을 건드리다 녹아내린다
눈을 밟고 지나가는 말들
젖은 구두 깨진 유리잔처럼
흔적 없이 지나가는 것은 없다
입가 빵가루만 털어 주고 돌아서는 길
애드벌룬 같은 오월 속으로
다시 눈이 내린다

# 풍경의 바깥

　　밤늦은 시간
　　여자와 남자가 아이를 데리고 버스 정류장에 서 있다
　　차려 입힌 아이 혼자 어색하다
　　까실한 뺨에 힘껏 애교를 띠고
　　여자를 올려다본다 종알종알 말을 한다
　　아이의 말은 대답도 없이 흩어진다

　　아득한 어둠만 쳐다보는 남자와
　　아이 손이 귀찮은 여자 곁에서
　　아이는 허공에 눈을 굴린다
　　정류장 불빛이 흔들리는 눈빛 위에 앉았다가
　　굴러떨어졌다

　　아이의 속눈썹을 보았다고 느낀다
　　냉동실에서 막 꺼낸 블루베리에 얼음 알갱이가 붙어 있
듯이
　　아주 조그매서 보이지도 않는 얼음이
　　가느다란 속눈썹에 매달려 있다고
　　아이의 뺨 밑에는 냉동된 블루베리가
　　숨어 있을지도 모른다고

여자와 남자는 버스에 올랐다
나만 정류장에 두고두고 남았다

## 가늘고 길고 대단한

─

　남의 몸까지는 아니더라도 제 몸 하나쯤은 태우는 화염
이길 바랐지만
　오다 말다 하고 타다 말다 하네 밤이 지나고 다시 아침이
오는 사이

　운동화 끈처럼 기다란 것
　풀어도 잘 풀리지 않고 끊어질 듯 이어지는 것들
　찔끔찔끔 내려 끊어지고야 말리라 여겼던 것들
　아직까지도 알 수 없는 통로로 길게 이어진다

　눈과 진눈깨비 사이에 있는 것들
　할 수도 안 할 수도 없는 말 마구 엉킨 실타래 눈곱들
　밥은 먹고 다녀? 아프진 않고?
　기지국에서 보내온 멀리 떨어진 소리들

　돌아보지도 않았던 것들이
　하루를 탱탱하게 붙잡고 있는 밧줄이었다는 걸
　그 밧줄 붙잡고 오래 오래 오래 견디고서야 깨닫는다
　그저 있음은 열렬한 심지보다 더 굳세다고
─　어쩌면 그것이 바로 심지라고

# 심장에 박힌
―304개의 별들을 기억하며

별도 얼 수 있다고
따뜻하게 반짝이는 게 아니라
파랗게 질린 얼굴로 꽝꽝 얼어 버릴 수 있다고
두꺼운 잠수복을 입은 그가 말했다

아무리 깊이 내려가도 네가 보이질 않았어
내 눈이 캄캄해 물고기야 너는 보았니

세상에 완벽히 아름다운 것은 없다고 중얼거리는 순간
뚝뚝 떨어져 내리는 꽃잎
빛이 사그라든다
누구도 발을 담그지 않았다고 손을 내젓는 사이
풍덩 떨어지는 소리

아무도 보지 못했다
차가운 돌덩이로 별들이 식어 가는 동안

# 세월

묶여 있어도 몰라,
눈부시게 아름다운 네가
펄럭펄럭 지나간다

제4부

# 한 방울

한쪽 귀에 물이 들어가
다글다글 굴러다닌다
머리를 기울이고 손바닥으로 눌러 봐도
고 한 방울이 나오질 않는다

머리 감았던 그 자세로 숙여 보고
재채기를 하고 몸을 흔들어도
거꾸로 서도 안 나온다

지쳐 드러누운 순간
또르르 한 방울이 흘러나왔다
종일 애태웠던 일들도
꺼내 보면 이렇게 한 방울

당신 눈과 마음도 한 방울에 다 들어가
세상에서 가장 커다란 한 방울이
귓속에 살고 있다

# 크레바스

눈을 마주치지 않아야 한다
깊고 새파란 어둠
떨어지면 이글이글 타올라
눈이 멀지 땅속이라는 걸 잊고
불타는 환영을 붙잡는다
꺼지지 않는 심장으로 살리라고
그러나 오색의 광채가 눈을 홀려
아무것도 보지 못한다

더듬거리다 차가운 빙벽에 닿으면
입술부터 굳어 솜털도 올올이
손과 발도 머리도 꼼짝할 수 없다
고개를 돌려 봐 이곳은 크레바스
땅끝까지 가른 거대한 입
너를 소리도 없이 꿀꺽 삼켜 버릴

새하얗고 눈부신 미로
길을 찾을 수 없다 말라죽은 잎들
핏기 가시면 너도 어느 빙벽
압화가 되리니

날아올라야 한다 눈을 감고
항로 같은 건 애초부터 없었다

작은 새 솟구친다
발밑이 까마득하다

# 월야지정(月夜之情)

─

생쥐를 만났네
한 마리 작은 생쥐와 밤에 만났네

내가 살던 집은
여름이면 풀벌레 거실로 마실 와 뚤뚤거리는
나무문 창고 젖은 흙냄새

생쥐가 살던 집도 아마 그 언저리였을 거야
가로등 하나 모퉁이까지 비추느라 할매처럼 허리가 휘고
골목길 아래 창문 꼭대기만 보이던 단칸방들
비 올 때면 지나치는 발소리도 미안해지던

까맣게 빛나는 눈이 얘기해 주었네
달빛이 옥잠화를 키운다는 것
무엇이든 파묻혀야 싹을 틔운다는 것
낮은 곳으로 흘러도 어둡지만은 않다는 것

동물들은 사람을 알아본다지
우리 집에선 길고양이도 집고양이로 눌러앉고
─  엄마 돌아가기 전날엔 허리 긴 족제비도 인사를 왔네

그즈음이었을 거야 생쥐와 나는 글쎄
인사를 했네 아무도 모르게
하이얀 달빛만 후드득 쏟아지던 밤
그 달빛에 고치처럼 마음 꿰이던 밤

# 봄의 손가락

—

카랑카랑한 햇빛 속에서
봄은 손가락이 잘렸다
잘린 손가락들에서 나는 진한 초록 피 냄새가
동네를 휩쓸었다
세상이 창백해졌다

우리는 작은 군인들처럼
모자를 쓰고 조끼를 입고
손가락들을 애인처럼 껴안는다
애인들은 아직 따뜻하다
막 떠나온 집이 아직 몸에 남아

보내는 일도 쉽지는 않다
싸우지도 않고
고운 빗질로 배웅하는 오후
눈이 따갑다 발끝이 따갑다

우리는
돌아보지도 않고 그 거리를 떠났다
— 샐쭉해진 봄이

초록 매니큐어를 칠한 손톱으로
가슴을 찔러 댄다

# 풀꽃 1

꽃들이 서로
저요 저요 하지만

꽃도 아니고 풀도 아닌
조무래기 풀꽃들은 손이 없습니다

손이 있어도 조막손
조막손에는 투명한 마음만 잡힙니다

그 마음을 길어다
풀꽃에 물을 주었습니다

그러자 반짝입니다
풀꽃들이 숨어 있는 길
어둠 속을 걸어도 힘이 납니다

# 풀꽃 2

풀줄기를 꺾다가 깜짝 놀랐다
뚝
천둥 같은 소리가 손끝을 타고 내려가
땅이 흔들린다

살다가 갑자기 땅이 흔들려 놀란다면
어디선가 풀꽃이 꺾인 것이다

# 활에게

—

네가 드러누운 것을 본 적이 없다 누군가의 손에서 하나
의 이름으로 일어선 뒤부터 너는 계속 눈을 뜨고 있었다
힘줄을 애써 숨기던 네가 몸을 휘는 순간 허공이 숨을 멈
추었다 근육이 일어서고 등허리가 꼿꼿하게 펴진다 굳센
팔뚝이 너를 끌어안았다 정적을 가르는 것은 너의 아름다
운 시선 곁눈질도 없이 곧은 눈매로 날아간다 새들은 제
몸속에 길을 내지만 화살은 오직 그에게만 날아가는 속도

화살을 보내 놓고도 너는 눈을 감지 않는다 어디에 닿을
지는 손을 놓았을 때 이미 알았지 그 불안한 흔들림을 재
어 보려고 눈이 가늘어진다 마음이 급하게 먼저 날았다거
나 억지 힘을 써서 균형이 깨졌다거나 화살 한 발 날리는
일도 천지간 제 몸 하나 중심 잡는 일 당신과도 그렇지 않
았던가 충분히 고여 당겨진 소리가 아니라 늘 성급하게 날
아간 화살이었다

이제 활은 과녁을 보지 않는다 쏘아 보내는 것은 약속이
아닌 지금 이 순간 돌아오지 않는 순간이 허공을 가득 채
워 더는 한 점도 보탤 수 없을 때 화살이 날기를 멈추었다
— 속도를 버린 화살은 어디로도 가지 않는다 과녁을 향해 날

아가는 대신 화살은 그 자신에게 멈추었다 그제야 활은 구
부렸던 몸을 폈다 뒤도 돌아보지 않는 고요한 투신

지나온 모든 길들을 떨어뜨리며 활이 날고 있다

# 머리에 꽃을
—오필리아로부터

—
사람들은 말하겠지요
사랑의 고통이 내 마음을 미친 꽃다발처럼 헝클어
마침내 검은 물속으로 떨어뜨려 버렸다고
아무것도 모르는 어린 여자가
사랑의 파탄으로 어쩔 줄 몰라 하다
부러진 가지처럼 뚝 부러져 버렸다고
그들은 내 노랫소리를 듣지 못했어요
물의 노래를 듣지 못했답니다

아주 먼 데서 흐르던 물이 내 발밑에서 멈췄어요
낮은 곳 더러운 곳 뜨거운 곳을 지나
깊고 아늑한 물살을 만들었습니다
근심도 슬픔도 없이
내 눈 속으로 들어와 하늘을 비춥니다
공기보다 가벼운 것이 나를 들어 올려
물 위에 띄웠어요 나는 물의 품에 안겨
하늘과 땅과 눈물과 바람에 새겨진
무늬들을 지웁니다

—
나는 아름다운 노래를 베고 누워요

104

머리카락을 물 위에 늘어뜨리고
기억나지도 않는 노래를 부를 거예요
내 노래는 당신의 무릎 위에 놓이겠지요
투명한 눈동자가 보이시나요?

기쁨은 슬픔의 짝이라고 물이 속삭입니다
투명한 손들이 나를 눈물에서 건져 올리면
나는 춤추며 날아가는 씨앗들처럼
수만의 반짝이는 거품으로 빛날 거예요

*오필리아: 영국 화가 존 에버렛 밀레이(1829-1986)의 그림 「오필리아
(Ophelia)」를 바라보며.

# 법순과 푼수를 그리며

1910년 7월 청도 사는 김법순이
여자 노비 김푼수를 사랑하여
그녀 몸값 50냥에 주인 욕심값 250냥 더해
300냥 내주고 데려가겠다 수인(手印)한
옛 문서에 그려진 둘의 손바닥이
가슴을 친다
반지도 없고 무늬도 없는
손의 언약

뿌듯한 내 사랑에 대면 쇳덩이일 뿐이라고
허리 부러져라 모은 돈 던져 주고
사랑하는 여자 손잡은 김법순과
그 사랑 받아도 되는지
붉어진 가슴 뒤로 겨우 손만 내민 김푼수가
천둥으로 걸어오는

흔적 없는 시간 내게도 그런 사랑 닿았을라나
어느 돌벽에 내 손바닥 당신 손바닥 같이 새겨
구르고 굴러도 깨어지지 않을
억장 같은 사랑

봇물 같은 사랑

# 서수필

一

나는 어둠 속을 두리번거리던 눈
무엇과도 눈 피하지 않지 나는 보네 또릿또릿 새까만 눈
가장 낮은 시궁창 가장 높은 천창에도 뛰어올라
땅 위 모든 냄새를 흠향하네 자 여기 냄새를 진상하시라

소리는 또 어떤가 쫑긋거리는 내 귀를 옮겨 왔네
그 남자 얼굴 굳어 가는 소리 그 여자 마음 부서지는 소리
물이 흐르다가 멈추는 소리 지구가 구르다가 멈추는 소리
다 들리지 그 소리들 저기 있네

나는 와락 덤볐다가 썩 물렀기도 하고
솜털처럼 부드러웠다가 우레처럼 울기도 하지
내 발이 얼마나 오묘한지 볼 텐가
나는 멈추면서 동시에 지나가지

순백의 길에 가장 날렵한 발자욱을 찍네
사방의 막막함 칼끝으로 한 발 디뎠다가
몸을 굴려 내달렸다가 나는 춤을 추네
솟구치는 날개 파르르 떨리는 깃털의 자유
一  고양이 앞의 쥐 눈을 가리는 캄캄함

아무려나 나는 달려가네
내 눈을 마주 보게 거칠 것이 없네
허공에 찔려 눈이 멀어 버리기도 하리
아무려나 나는 살아 있네
펄쩍 뛰고 주저앉고 구르면서도
백지 위에 생생히 살아 있네

*동양 회화에서 최고의 붓으로 알아주는 서수필(鼠鬚筆)은 쥐 수염으로
만든 붓으로, 서수필 한 자루를 만들려면 쥐 200-250마리가 필요하다
고 한다.

# 중독

그녀를 모두가 베아트리체라고 불렀다
양귀비, 꽃술 핥는 꿀벌, 순진한 빗방울
아이스크림, 위스키봉봉, 새벽의 키스
해변의 나풀거리는 스커트, 나비의 첫 날갯짓이라고

이해할 수 없는 것은 눈부시다 언제나 가득한 태양
한 번도 가지지 못했던 웃음이 넘쳐흐른다
어떤 것으로도 나뉘지 않는 천연의 얼굴
썩어 가는 나무에선 버섯이 꿈꾸며 피어나지

아침에 달려온 길이 길을 몰고 사라졌듯
더 이상 꿈꾸지 않아도 되는 것들은 나른하게 사라진다
옷걸이에는 옷이 호주머니에는 열쇠가
이해된 것들은 저희끼리 사라진다

이것이 그녀가 사랑이 된 방식
그녀는 다른 것이어도 좋았으리라
그저 이름만으로 충분했으니
불꽃이 재 뒤로 모습을 감추듯 그녀도 이름 속으로 사라진다

한 번 열린 뒤 영영 닫히지 않는 하늘

베이트리체는 베아트리체가 아니다

# 틈 1

一

숲으로 나갔는데
회칠한 벽이 보인다
벽에 금이 가 있다

숲은 고요하다
벌어진 틈이 소리를 모조리 삼켜 버렸다

나는 몸을 반죽처럼 길게 늘여
틈을 메웠다
이제 벽은 팽팽하다

틈을 메우니 파다한 소리
막혔던 수문 터지듯
쏟아진다

소리가 빠져나가지 않도록
지퍼를 꼭 잠갔다
바람과 창(窓) 들을 집어넣고
벽에서 몸을 빼낸다

一

벽에는
숲을 훔쳐 갈
틈이 언제나 숨어 있다

# 틈 2

ㅡ　　오후가 어깨를 늘어뜨리고 물러날 때마다
찾아오는 손님이 있다
그는 몰래 나를 지켜보다 어두워지기 전에 소리 없이 떠
난다
선물, 부드러운 입술과 발을 남겨 둔 채로

오후 여섯 시 즈음이면
망원경을 치켜든다
틈이 어딘가 있어! 종이를 길게 자른 것 같은
불쑥 나오는 그를 한 번도 본 적은 없지만
서둘러 켜지는 가로등 불빛에서
약속 장소로 향하는 발간 뺨에서
흔적을 알아채긴 했다

순식간이다 그가 들어왔다가 나가는 것은
잠복도 하지만 번번이 놓치고 말아
발이 큰 그는 몇 발짝만 내딛어도 틈이 닫혀 버린다
오후와 밤이 부러지지 않게 강력한 접착제로 양쪽을 잇
고서
ㅡ　　페이지가 접히듯

잠수함이 스르르 가라앉듯

다시 물속으로 들어간 그가
잠항타를 내밀고 있다

어쩌면 좋아
그 시간만 되면 두근거리는
나비 리본처럼 팔랑거리는 나는

# 얼굴을 쓰다듬으며

— 　잠들지 못하네
　　작은 여자와 남자가
　　서로의 얼굴을 둘 곳 찾지 못하는 사람들이
　　찰랑찰랑 바닷물이 발끝까지 밀려왔지만
　　더 멀리 가지 못하는 사람들은
　　잠들지 못하네
　　꿈인 줄 알면서 깨지도 못하고서
　　부르면 우리는 서로 대답할 수 있을까

　　오늘 우리가 먹은 것들은 등으로 올라가
　　혹으로 자라네 무거워 고개가 숙여지네
　　혹 따윈 잘라 버리라고 누군가 말했지만
　　그건 삶의 조건이야
　　혹에서 혹으로 난 길을 따라
　　잠이 오지 않는 남자가
　　잠이 오지 않는 여자를 쓰다듬네
　　물살이 그들의 머리카락을 적시네
　　신기루에 속지 않는다고 누가 자신할 수 있을까

— 　마침내 긴 잠이 남자와 여자 위로 내릴 때

116

그들은 비로소 눈을 뜨리
더는 꿈에 시달리지 않아도 되니
잡기만 하면 바스라지는 것
더는 욕심내지 않아도 되니

하여 어느 새벽 소리도 없이
그들이 손을 맞잡고 사라진다면
조용히 웃을 수 있으리라
기이한 소리로 새가 울 때쯤
여러 번 불러도 대답 없을 그때쯤

# 가피

떨어져요 물방울이
어제 줄까 말까 망설이다 주지 않은 것이
큰 빗자루 작은 빗자루 중 내준 작은 빗자루가
그래도 화를 내지 않은 건 잘한 일이에요
욕을 하지 않고 꾹 참은 건 잘한 일이에요
속으로 욕했지만 그건 여기 뜨거운 물속에 담가 버려요

어쩌면 이리도 매끈한 얼굴만 있을까
먼지로 너풀너풀한 털들이 깨끗하게 씻겨
엉덩이도 겨드랑이도 모두 보송보송해요
착한 양이 된 것이 자랑스러워 모두들 모자도 썼어요
여기로 모여 앉으세요
티비도 보고 쪽쪽 주스도 마시고
우리는 순진하고 무해하죠

아니 세상에 저런 놈들이 있나
늑대들 같으니! 시뻘건 눈으로 두리번거리는 거 봐
잡아먹히지 않으려면 우리도 변장을 해야 해요
발을 내밀어 봐요 오누이 잡아먹은 그 발 말고
아니 오누이는 잡아먹히지 않았잖아요

그러니 괜찮아요 털만 몇 개 심어 봐요

똑
똑
물방울이 자꾸만 떨어집니다
양들이 모두 집으로 돌아간 뒤에도
물방울은 빈 벽을 타고 흐를 거예요

# 말과 사물에 대한 사유

황정산(시인, 문학평론가)

## 1. 들어가며

흔히 말은 사물을 대신한다고 생각한다. 하지만 말이 그 사물 자체가 아니므로, 말은 지시하고자 하는 사물과 정확히 일치하지 않는다. 말은 사물이 되지 못하고 끝없는 말의 연쇄로만 사물을 지시할 수 있을 뿐이므로 말과 사물은 빗나간다. 이렇듯 말과 사물 사이에는 '제논의 화살'처럼 영원히 도달할 수 없는 간극이 존재한다. 말과 사물의 간극은 사물의 결핍에서 생겨난다. 프로이드는 손녀가 하는 '포르-다' 게임을 통해 결핍에서 기인한 인간의 욕망이 언어의 기원임을 밝힌 바 있다. 말과 사물 사이에는 인간의 욕망이 개입하여 그 간극을 벌린다. 그 간극을 최대한 줄이면 과학의 언어가 되고, 그 간극에서 만들어지는 의미의 확장을 통해 새로운 언어를 추구하면 그것이 바로 시가 된다.

김소형의 시들은 이 말에 대한 탐구이다. 우리의 삶은 온통 말로 가득 차 있다. 온갖 선전 문구와 종교적 설교, 정치적 선동이 우리의 삶을 통제하고 있다. 그에 따라, 믿고 행동하고 상품을 구매한다. 어쩌면 우리는 모두 말의 노예가 되어 살고 있다고 해도 과언이 아니다. 시를 쓴다는 것은, 이 말을 되짚어 보는 일이다. 말을 비틀어 말을 반성하는 일이다. 말로써 말을 부정하고 말로써 말을 규정해야 하는 힘든 일이다. 그 힘든 일을 어떻게 김소형 시인이 수행하는지 좀 더 면밀히 살펴보자.

## 2. 태초에 말은 없었다

요한복음 1장에 "태초에 말씀이 있었다"는 유명한 구절이 있다. 모든 사물과 사물들의 질서는 이 하나님의 말씀에 따라 이루어졌다는 것이다. 따라서 이 하나님의 말씀은 곧 진리이다. 인간의 말 역시 이 태초에 있는 하나님의 말씀을 따를 때 올바른 진리의 언어가 된다. 그럴 때 사물은 모두 제자리에서 제 모습으로 질서를 찾게 되리라는 것이다. 우리가 혼란한 세상에서 사는 것은 모두 이 말씀을 지키지 않았기 때문이라는 얘기이다. 이렇게 봤을 때, 인간의 모든 말들은 이 태초의 말씀이 함의하는 시니피에(signifié, 기의)를 반복하고 전달하는 수단일 뿐이다.

하지만 김소형 시인은 이런 말씀을 '그냥'이라는 한마디 말로 부정한다.

그 수백의 반어(反語)를
그림자와 착각과 무지와 환영과

121

그럼에도 아름다운 것들을

단 한마디 말로 눈감아 버리는


거품 같은

처음 같은 말

—「그냥」 부분


시인은 '그냥'을 "처음 같은 말"이라 표현하고 있다. 모든 것을 거품으로 만들고 '디폴트값'으로 환원하는 말이기 때문이다. '그냥'이란 이 말은 말로 할 수 있는 모든 것을 다 무화시키고 만다. 의미를 뒤틀어 말의 확장성을 넓힌 반어나 말의 오해에서 이루어진 무지와 착각 그리고 말로 다 표현할 수 없는 아름다운 것들마저 없애는, 이 "한마디 말로 눈감아 버리는" 말이 바로 '그냥'이라는 것이다. 태초에 말씀이 있었다면 그것은 아마 '그냥'이 아니었을까. 시인은 의심한다. '그냥'이 모든 것을 지워 버리듯 태초에 있었다는 그 말씀이 세상의 모순되고 아름답고 풍부한 생동감 있는 모습을 지워 버렸기 때문일 것이다.


소리가 났어

뒤죽박죽에 머리를 담그고 있었는데

사각

갑자기 눈앞이 환해졌어

나를 찔러 대던 가시들이 얼음처럼 굳더니


122

사각거리는 조각으로 부서졌어
물컹이고 끈적이던 것들도 단단해졌어

이런 일이라니!
세상의 단어들이 '사각' 한 단어로 모여드네
물에 퍼진 푸른 잉크 한 방울처럼
사각이 온 세상을 먹어 버리네

날아오르는 소리가
누워 있던 조각들을 일으켜 궁륭을 만들었어
빛 조각들이 수많은 유리창을 두드린다면
이런 소리가 날 거야
네가 속삭여도 이런 소리가 날 거야
입속의 어둠을 부서뜨리네

태초의 단어는 이렇게 가벼웠을 거야
내게 투 투라고 말해 봐
아무거나 말해 봐

소리들이 갉아 먹고 있어 책상을 의자를 커튼을
물잔 속에서처럼 뒤섞이는 일은 얼마나 즐거운지!
서로 부딪히면 소리들은 잘게 부서져
웃는 것만 같네

내 얼굴이 투명해지고 있는데

봤어?

사각거리는 그물 속에서

애벌레처럼 나는

입을 오물거리고 있어

—「초대받았어」 전문

  시인을 초대한 것은 '소리들'의 세계이다. 사각거리는 아주 작은 소리지만 시인은 그 소리를 듣고 "갑자기 눈앞이 환해"지고, "물컹이고 끈적이던 것들도 단단해"지는 듯 느껴지는 감각의 회복을 경험한다. 이 살아 있어 "물에 퍼진 푸른 잉크 한 방울" 같은 '소리들'이 모여 온 세상을 채우는 그런 곳에 시인은 들어와 있다. 그리고 시인은 "태초의 단어는" 이 가벼운 소리에서부터 나왔을 것이라고 상상한다. 그 '소리들'의 세상은 시니피앙(signifiant, 기표)의 세계이다. 단어들로 분절되지 않고 기의(signifié)를 품지 않은 이 순수한 기표들의 세계는 쉽게 말로 그려지지 않는 생생한 사물들의 세계이다. 시인은 "입을 오물거리"며 말이 아닌 말로 그 세계를 표현하고자 한다.

  우리는 의미를 전달하기 위해 말을 한다고 생각한다. 말이라는 음성적·문자적 기호인 기표는 이 의미를 전달하기 위한 투명한 수단이어야 한다고 생각한다. 하지만 그럴 때 말로 전달된 사물은 추상적 의미로 축소되고 원래의 생생한 감각적 모습은 상실된다. 시는 말의 이 상투적·추상적 의미를 부정하고 원래의 소리의 세계로 되돌리는 일이다. 이렇게 볼 때 시인이 초대받은 곳은 살아 있는 자연의 소리들의 세계이기도 하지만, 시니피에로 의미 규정되지 않는 자유로운 시니피앙의 세계, 즉 시인들의 세계이기도 하다.

그런데 시인들의 세계에 초대되어 시를 쓴다는 것은 어떤 의미일까? 시인은 다음과 같이 그것에 대한 답을 내놓고 있다.

화살촉 중 가장 뾰족하고 날카로운 촉에
독 중 가장 치명적인 독을 바른다
수십 개 목구멍 언저리에 세워 두었다가
침범하는 적에게 날리는 화살
입에서 나오는 화살은
곰을 잡는 화살보다
백 배나 힘이 세서

마음을 지키는 병사들
창을 고쳐 잡고 달려들어도
후득후득 나가떨어진다
말라붙은 딱지 뚫고 파고들어 간 화살
철철 흐르는 핏속에서 화살나무로 다시 자란다
바르지 않아도 이미 독을 품은 화살나무

화살나무 뽑지 않으면

그 독에 내가 먼저 죽으리

물로도 눈물로도 씻어지지 않는 독

비칠비칠 마르고 눈도 감감해져

곳곳에 독을 뿌리고 다니다가

하늘과 땅이 이어지는 곳에서

희미한 노랫소리 들렸다


바다 밑바닥에서 들려오는 소리

그 소리에 화살나무 하나씩 꺾이더니

보드라운 새순으로 다시 돋았다

독 대신 보약으로 스며들 어린잎이다

—「독화살」 전문


　시인은 말을 '독화살'에 비유하고 있다. 실제의 화살보다
더 많은 사람을 죽일 수 있을 만큼 치명적이기 때문이다.
사실 인간사에서 수없는 학살과 전쟁은 이 말 때문에 일어
나고 말을 통해 진행된다. 종교적 이념이나 정치적 신념에
의한 모든 전쟁은 총칼을 들도록 말을 통해 부추긴다. 아
니 그런 전쟁이 아니라 경제적 이득을 위한 침략 전쟁마
저도 자유나 정의 같은 그럴듯한 표어로 정당화된다. 시는
이 화살을 "보드라운 새순"으로 바꾸는 일이다. 시인은 화
살나무의 이미지를 통해 그런 생각을 한다. 하지만 그것이
쉽게 진행되는 것은 아니다. "철철 흐르는 핏속에서 화살
나무로 다시 자란다/바르지 않아도 이미 독을 품은 화살나

무"라는 구절에서 가을에 붉게 물든 화살나무의 이미지를 그려 낸다. 가을에 핏빛으로 붉게 물든 화살나무의 잎들에서 피를 부르는 화살을 연상하듯 독한 '독화살' 같은 말로 거짓과 허위의 말들을 비판하고 거부할 때 새로운 말의 의미가 만들어지고 그것은 "독 대신 보약으로 스며들 어린 잎" 같은 아름다운 말이 된다고 시인은 생각한다.

## 3. 직선과 곡선의 대비적 이미지
김소형 시인의 이번 시집의 시들에서 눈여겨봐야 할 또 하나의 중요한 특징은 직선과 곡선의 이미지이다.

모르는 것에 대해서는 말을 하지 말아야지
그러면 아무 말도 할 수 없게 된다


그녀의 손을 잡았는데 내 손을 잡는 것 같았다


전을 부치려면 얇게 포를 떠야 해요
하지만 그녀는 돋을새김으로 각을 뜬다
포와 각의 차이를 이해하는 것은 생존의 비법이라고
아무리 알려 줘도 기어이 각을 뜬다


(중략)


너무 따뜻하기만 하면 썩는다고

여자가 차가운 손으로 과일을 깎는다
안과 밖의 부드러운 경계를 손과 손이 나누어 잡는다

한 손이 너무 차가우면 다른 손이 덥혀 주면서
말할 수 없는 것들을 손이 대신 말할 수 있도록
이웃집 사람처럼 비켜 서 있다

　　　　　　　　　　　　　—「정오의 시간」 부분

시인은 포와 각을 대비하고 있다. 생선이나 육류를 얇게
저며 내는 것이 포를 뜨는 것이고 그것들을 썰어 조각내
는 것이 각을 뜨는 일이다. 포는 육질의 결을 따라 저미는
것이므로 곡선의 모양을 하고 있지만, 큼지막하게 조각낸
포는 직선의 모서리를 가질 수밖에 없다. 이 직선과 곡선
에 따라 조리 방식이나 요리의 식감은 다를 것이다. 그 경
계를 알고 구분할 줄 아는 것이 요리에서 중요함을 시인은
얘기하고 있다. 시 제목 "정오의 시간"은 바로 그 경계를
자각하는 시간에 대한 은유가 아닐까 한다. 시인은 또한
이 차이와 구별이 자신의 신체에 따뜻함과 차가움의 감각
으로 새겨져 있음도 함께 느낀다. 살아 있다는 것은 이 차
가움과 따뜻함, 직선과 곡선의 경계를 함께 넘나들 때 가
능한 것임을 시인은 깨닫고 있다.
　그런데 시인이 말하고자 하는 직선과 곡선은 무슨 의미
일까?

형체도 없는 것이 날아왔다
공기 중 작은 점들을 잡아채며 날아 들어온다
거대한 거미가 보이지 않는 줄을 뻗었나
건드리면 소리가 날 것 같은 팽팽한 장력
붙잡힌 먹이들은 속수무책이다

관객석에서 너는 뺨까지 발갛게 달아올라 있다
이미 너는 포섭당했지 열렬하게 마비되어
거미에게 먹힐 준비가 다 되었다

하나가 다른 하나에 닿기까지
이곳에서 저곳에 이르기까지
구부러지고 울퉁불퉁한 길 그러나
한 걸음 한 걸음이 직선이었다
열리고 닫히는 수많은 점들을 지나
네가 비틀거려도 선분은 똑발랐다

너는 일어선다 느리게 아직 취해서
빠르게 날아오는 직선일수록 매혹적이어서
전혀 다른 방향으로 몸을 틀게도 하지
움켜쥐는 것은 늘 단번에 내리꽂힌다

이제는 깨어나야 할 시간
직선은 직선으로 새로운 선분을 잇대며

차갑고 긴 손을 뻗는다

새로운 거미가 태어난다

—「직선을 보다」 전문

    시인은 직선을 거미줄의 이미지로 그려 내고 있다. 이 거미줄은 우리가 사는 세상의 비유이기도 하다. 우리는 이 촘촘한 거미줄 같은 관계의 그물망 안에서 살고 있다. 거기에 포획되어 자유를 저당 잡히고 꼼짝없이 누군가의 먹이가 될 운명을 가지고 살고 있다. 가족이나 직장은 물론 온갖 커뮤니티들이 우리의 삶과 행동을 옭아매고 있다. 거기에서 벗어나는 것은 내 존재를 부정하는 일이지만 그 안에 사는 것 역시 자유를 빼앗긴 불행한 삶이다. 그런데 중요한 것은 "빠르게 날아오는 직선일수록 매혹적이어서" 우리는 이 직선을 지향하며 산다. 속도를 높이고 거리를 단축하고 효율적인 사각의 건축물을 짓는 것은 모두 이 직선에 대한 매혹 때문이다. 우리는 모두 이 직선의 매혹 속에서 길을 잃고, 아니 길을 포기하고 살고 있는지 모른다. 다음 시에서는 직선과 곡선을 자음과 모음으로 바꾸어 표현한다.

처음부터 말이 꽃이었던 건 아니다

으르렁거리던 건 말벌

자음과 모음이 거칠게 덜그럭거렸다

다른 종족에겐 예사로 독침을 꽂았지

저희끼리야 꿀도 만들겠지만

한번 태어나 날개를 달면

돌아가지 못해

앉을 곳 없어 사나워진 말벌들이

더 새까매졌다 몇 번이고 채워지는 독침으로


꿀벌들은 잔설처럼 떨어져 내린다

녹지도 못하는 부스러기 말들을 껴안고


너희는 너무 작아 너희 말론 아무것도 세울 수 없어


그런데도 날갯짓 이어진다

말벌들 떨어질 때까지

뾰족한 자음들 둥글어질 때까지


꽃이 피고 있다

제 몸을 삼킨 말이 꽃으로 피어나고 있다

　　　　　　　　　—「말은 꽃이 되려고」 전문


　자음이 직선이라면 모음은 곡선이다. 자음은 마찰해서
나오는 소리이므로 "뾰족한" 모습으로 형상화되고 모음은
입안에서 울리는 소리이므로 둥근 모습으로 상상된다. 이
자음이 모음을 만나 둥글어질 때 말벌의 공격적인 거친 으
르렁거림은 사라지고 비로소 "말이 꽃으로 피어"난다고 시

인은 말하고 있다. 자음이 많이 쓰인 거친 말들은 말벌의 침처럼 타인을 공격한다. 저희끼리 꿀을 만들면서 꿀벌들을 공격하는 말벌들처럼 차별과 혐오를 표현하는 것도 이 거친 말들을 통해서이고 세상이 어지러운 것도 이 거친 말들 때문이다. 시인은 이 거친 사각의 뾰족함, 직선의 언어를 곡선의 부드러운 둥근 언어로 바꾸고자 한다. 그럴 때 세상에는 아름다운 꽃이 피고 꿀벌들의 사랑스러운 웅웅거림의 노래가 들릴 것이다. 시는 바로 이런 언어이다.

### 4. 맺으며

시는 말로 말을 부정하는 일이고 말의 한계를 뛰어넘는 일이다. 그것은 말과 사물 사이의 간극에 존재하는 인간의 욕망을 들여다보는 일이기도 하다. 그것은 끊임없이 말을 갱신하는 새로운 기쁨을 주는 일이기도 하지만 말을 하는 시인 자신의 삶을 반성하고 또 거부해야 하는 힘든 갱생의 길이기도 하다. 김소형 시인은 이 시집에서 그러한 시인의 길이 얼마나 지난하고 괴로운 일인지 하지만 그러면서도 아름다운 일인지를 잘 보여 준다. 그의 시어는 타락한 세상의 말들을 태초의 싱싱한 소리들로 바꾸고, 직선과 사각으로 구획된 우리의 삶을 둥근 곡선의 화합의 세계로 이끈다.

그 힘든 길에 들어선 시인은 다음과 같이 결의를 다진다.

아무려나 나는 달려가네
내 눈을 마주 보게 거칠 것이 없네

허공에 찔려 눈이 멀어 버리기도 하리

아무려나 나는 살아 있네

펄쩍 뛰고 주저앉고 구르면서도

백지 위에 생생히 살아 있네

—「서수필」 부분


　수백 마리의 쥐의 수염으로 만든 붓으로 생생한 살아 있는 글을 쓰겠다고 시인은 다짐한다. 붓을 만들기 위해 죽어 간 수많은 쥐들이 글자로 다시 살아나기를 바라는 시인의 염원이 실현되리라 굳게 믿는다.